Les petits livres roses d'Ana

Les Ex

Les petits livres roses d'Ana

Les Ex

Pacco et Pétronille

MARABOUT

Je suis Irrrrrmaaa, la Grrraaande prêtreeesse de l'amouuuur ! Je sais tout ! Je vois tout !

...

Non, je déconne.

Je m'appelle Ana et je suis membre des JCRAMEJMTQDB Anonymes (Je Comprends Rien Aux Mecs Et Je Me Tape Que Des Boulets).

Mon chéri

...C'est Alex, Il est parti dix jours à Ibiza...
...avec ses potes. Sans me donner de nouvelles... En revanche, il n'a pas oublié de me laisser son chat...
COSMO
BIBA

Ah oui... Accessoirement, Alex, c'est mon petit ami...
COSMO
BIBA

Scoop : à Ibiza, il y a bien des téléphones !

Jalouse ? Non. Pourquoi ? J'ai des raisons d'être jalouse ?
Euh... Non, non, pas du tout, bébé ! Bon, je dois filer, bye, love et tout, hein ?

The return of the chéri

Ranger

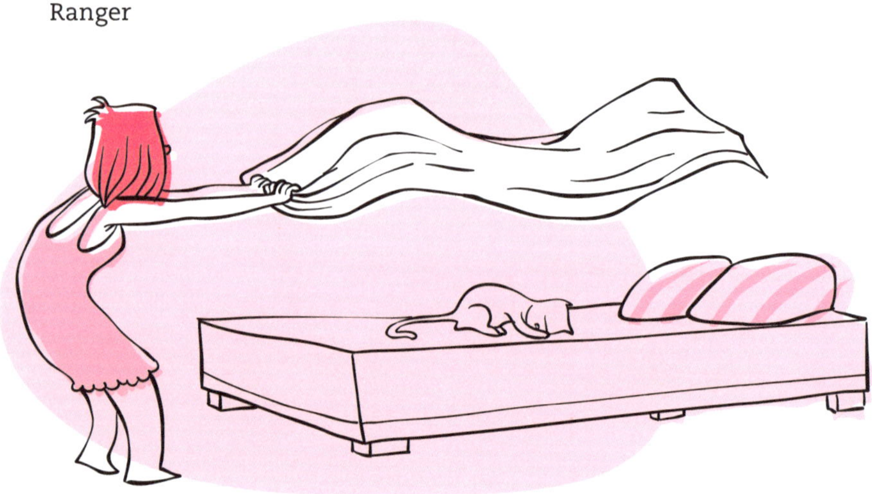

Réarranger

And ziiii faïneul teuch !!!

Et voilà, tout est clean, je suis dépoilée au napalm... Dès qu'il met un pied dans l'appart', je me mets cul nu et en route pour la grande aventure !

Et mon chéri est finalement rentré !

C'est quoi ce nœud rose ???
NO MEAN YES
Mais enfin, c'est un grand prédateur et toi tu le déguises en caniche !?
C'est ta mère, le caniche.

Et mon chéri avait faim…

...Et mon chéri avait pensé à moi...

...Et mon chéri était fatigué...

Un enfant ? Non, pas tout de suite, non...

Attends, l'eau a coulé pendant vingt minutes et ta serviette est sèche...
...j'y crois pas ! T'as fait semblant de te laver ?!!

Gnan, gnan, gnan !!!

Une idée à creuser

Rrhaaaa, deux heures à attendre qu'il dorme mais je vais pouvoir enfin être tranquille...
roglooooobruiiiipffttt...
Ah ah ah ! Non mais comment tu pètes !!!
C'est trop dégueu !
Putain, mon mec a 12 ans et demi...

Et un soir...

Ana,
Je ne peu plus continué cette relation.
Je pense que nous nous somme trompé et je ne me sens pas épanoui dans mon quotidien.
N'essaye pas de m'appeler, je te contacterai quand j'aurai fais le point.
Alex.
Putain... Et en plus, c'est bourré de fautes...

Call 911 ! It's an emergency !

Attends... C'est vrai que c'est une écriture de meuf !!!

Juste une mise au point

Pas dépoli au quotidien ? Pas DEPOLI ?!! Ça veut rien dire, ce que tu racontes !
OK, tu sais quoi ? Non seulement t'es trop CON, mais en plus t'as une écriture de FILLE !
Quoi ?! Non, c'est pas vrai ! C'est ma meuf qui l'a écrite, cette lettre ! Moi j'écris pas comme une gonzesse, c'est bon, traite-moi de pédé tant que t'y es !
...Ta meuf ? mais QUELLE meuf ????

...

Ben ouais, quoi... Rhaaa... J'voulais pas te faire de peine, quoi...
...J'l'ai rencontrée à Ibiza. Elle est à l'écoute de mon moi extérieur, tu vois ?
Elle est pas tout le temps à me dire de tirer la chasse, à me demander de participer au loyer, et tout, et tout...
Elle est moins hypérique, tu vois ?

...Tu me fais marcher, là, tu plaisantes, c'est ça ?
Non... Mais j'voudrais bien qu'on reste amis, quoi...
Mais quel CONNARD !
POF

Rupture J + 2 : c'est pas la joie...

Rupture J + 7 : faux espoir…

Rupture J + 10 : la fausse bonne idée

Rupture J + 20 : la prise de conscience

En même temps, y'avait eu des signes...

Plusieurs signes même…

Maintenant que j'y pense...

Rupture J + 30 : et pile quand je commence
à penser à autre chose…

Mais BORDEL, pourquoi il me manque ?

Claire les bonnes idées : l'after-work drink

Claire les bonnes idées : le speed-dating

...Non, je cherche plutôt quelqu'un pour m'accompagner aux réceptions...
...Et chez ma mère une fois par mois...
Un jolie fille, pas chiante...
De toute façon, je bosse 22 heures par jour, j'ai pas le temps de me laisser emmerder...
Ppfpfptt chhht amour, huumpftt shh...
...shhui romantique...
DING !

Alors ?
Alors, on se barre. MAINTENANT !

Claire les bonnes idées : la soirée karaoké

Salut les filles...
Alors, ce moral ?
Pppfff... C'est pas la fête... Mais ça me fait plaisir de vous voir...

C'est quoi, ça ?
Mon classeur à connards !

Le best of de Claire, aka Mister « Tout pour ma chérie »

Le best of de Cynthia, aka Mister euh…
Mister « J'ai pas de nom pour toi tellement tu m'as filé la chair de poule »

La suite du best of de Claire, aka Mister « G. La classe »

La suite du best of de Cynthia,
aka Mister « J'aime faire plaisir »

Appendice, aka Mister « Je suis un mec délicat »

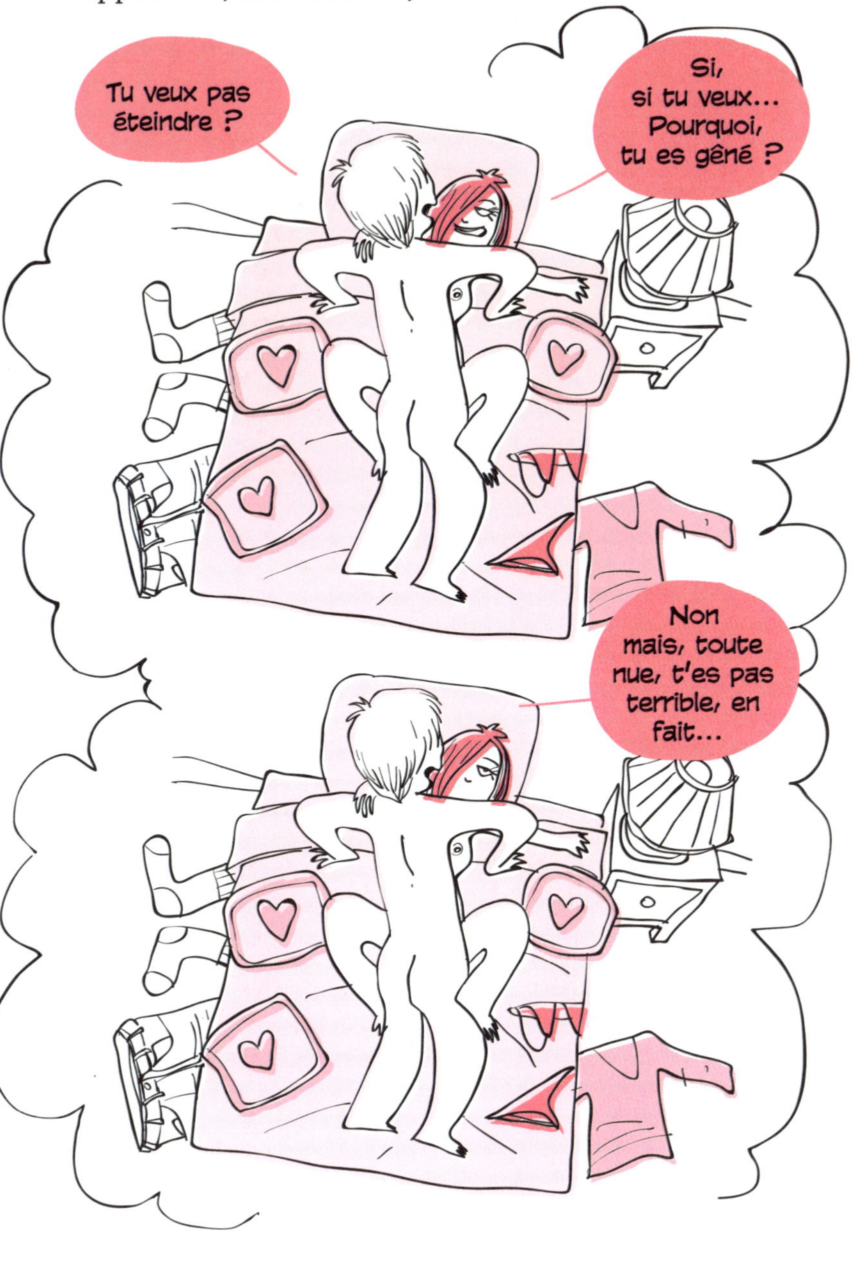

Diagnostic final,
aka Mister « J'aime le contact du satin sur ma peau »

Le malheur des uns fait le bonheur des autres

Il la quitte pour sa mère !

Quand la couche-culotte du malheur s'abat sur le destin riant d'une jeune femme la vie souriait !

Tout avait pourtant bien commencé entre Raymond et Linda. « Il était l'homme le plus beau de tout La-Queue-en-brie », raconte Linda, les yeux brouillés par les larmes telle l'eau du ruisseau après la tempête.

Raymond, c'est l'espoir du quartier de la Tour-bière à La-Queue-en-Brie. Jeune homme prometteur, il est devenu un membre respecté de la communauté. Propriétaire des deux décharges privées qui complètent un équipement municipal insuffisant, il a des revenus confortables, un esprit d'entreprise qui fait des jaloux, et des rêves plein la tête.

Je me sentais comme Caroline de Monaco.

Tout à ses projets d'expansion, Raymond semble accorder peu d'importance à la création d'une famille, jusqu'à ce jour où ses yeux d'airain se posent sur Linda. Deux mois plus tard, Linda emménage dans le penthouse style Hollywood, duquel Raymond peut admirer son univers. « C'était un vrai Lord », se souvient la jeune fille, « quand il me regardait, j'avais l'impression d'être Caroline de Monaco. »

Je ne lui donnais pas ce dont il avait besoin.

Mais la lune de miel est de courte durée, et comme l'été fugace, la passion s'envole bientôt vers d'autres cieux. « Raymond avait des envies spéciales », avoue Linda, encore sous le choc de la locomotive émotionnelle qui a dévasté le champ de blé de son quotidien. « Le soir venu, il s'habillait avec des couches pour seniors, il voulait que je le change, que je le nourrisse au biberon... Je ne sais pas quoi faire. J'ai appelé ma mère. »

Une erreur fatale qui ne pardonnera pas.

Inquiète pour sa fille Linda, la prunelle de ses cinq enfants, Marguerite se précipite au penthouse. Et prend immédiatement les choses en mains. Des enfants, elle en a changé et nourri cinq, ce n'est pas un Raymond qui va lui faire peur. Marguerite donne donc au mari de sa fille ce que Linda ne peut assumer. « Non, je ne trouvais pas ça très normal, mais enfin, elle faisait ça pour m'aider, et puis l'amour, la passion, ça fait souvent faire des choses qu'on ne trouverait pas normal si c'étaient d'autres circonstances où onn' était pas amoureux », avance la jeune femme, le nez pelant de tant de tristesse.

Une idylle interdite se noue sous ses yeux.

Peu à peu, un véritable amour se noue entre Raymond, le George Clooney du 94, et Marguerite, veuve de 77 ans pour qui la vie retrouve le goût du sel, le goût de l'amour, le goût des ciels d'orages qui déchaînent la passion. « Un beau matin, j'ai trouvé mes affaires dans l'entrée, et Raymond m'a annoncé qu'il voulait épouser ma mère », explique Linda. « Ça m'a vraiment fait un choc. Depuis six mois qu'ils couchaient ensemble, je n'avais rien vu venir. » Brisée, la jeune femme tente de se reconstruire, mais la pente est pentue. « On est vivant tant qu'on n'est pas mort. Je vais refaire surface et m'accrocher. »

Nous souhaitons bien du courage à cette co[...] geuse bien que bernée jeune fille.

Allô, Claire ?
...Ouaaaais, non mais ça va mieux, j'ai une patate d'enfer...
On va au centre commercial se moquer des gamins tektonik ?
Il la quitte pour sa mère

Salut poulette ! Désolée, je suis un peu en retard !
Alors, je te présente Frutch, ou quelque chose comme ça...
...Il ne parle que néerlandais, il est médecin, c'est un pote d'enfance de mon cousin...
Il part demain en mission pour trois ans et il est monté comme un âne...
Voilà ! J'vous laisse tous les deux. Bon appétit !
KLINK!!!
Ada ? Jaaa ! Pelle !

Debriefing

C'est Cynthia ! Ça va ?
Ouaaaais !
Il est encore là, Flurtcht ?
Naaan, ayé, il est parti en mission.
C'était bien ?
Ouaaaais !
T'as pas pensé à l'autre naze, j'espère !
Nan, il a commencé par me faire un truc qu'il a appelé le "bezörg"...
...Et là, j'ai plus pensé à rien...

...Et là, il a mis ma jambe gauche sur son épaule et ...pfffiooou !
Attends, mais c'est possible de se plier dans ce sens-là ?
Bouge pas, je prends de quoi noter.

Claire les bonnes idées : some fresh news...

Ka-boum

J'ai rendez-vous avec M. Yves Martin à 10 heures.
Bien sûr. Si vous voulez vous asseoir en attendant ?
Merci.

Au rev...
... Outch !!!
PAF

Oh là, désolé ! Je ne vous ai pas fait mal ?

Ooooh, alleeeez ! Chuis sûre que vous allez bien vous entendre !
Mais… euh… ça fait combien de temps que t'es avec ce mec, Élodie ?
Deux semaines ! C'est genre trop important quoi !
…Ben ouais, OK…
SUPER ! Tu vas voir, tu vas l'ADORER !
Ça, je demande à voir…

2005

Et tu vois, il est dark, mais dark-romantique, tu vois, et aussi je peux prendre la voiture samedi ?
Parce qu'il y a une soirée Astaroth à Veulin-les-Ouillères et...

2006

Nan, mais j'vous trouve super pas open minded, quoi !!!
Jean-Michel est quelqu'un de très gentil !

2007

Mais quooooi ? Qu'est-ce qu'il y a, cette fois ??!
J'ai hâte, je vous raconte pas...

Salut ! Ça va ? Tu prends tes marques ?
Glp ! Sa...
Je me demandais... Ça te dirait de prendre un petit café ?

...

Bon, je...
Tu dois être
occupée...
Une prochaine
fois alors...
Bon courage !
Sa...
BLAAM !
Rhaaaa !
...
lut ?

J'te jure, Cynthia, je me foutrais des claques !!!

...Non, j'ai complètement bloqué !

...Mais siiii ! J'en meurs d'envie en plus ! Il est trop craquant...

Il ressemble à un gros pain d'épices tout chaud ! Hu hu hu !!!

...Non, t'as raison ! J'y vais ! ...Oui, je sais, j'hésite pas, je fonce direct !

"Gros pain d'épices", c'est un compliment ?

Premier dîner

...
Eh bien, merci beaucoup pour cette soirée...
Hhhh...
Et, par politesse, je te préviens que je vais essayer de t'embrasser...
...hhhké...
Ça va ?
Oui, mais me lâche surtout pas.

L'effet Benjamin 1

Avant

Après

L'effet Benjamin 2

Avant

Après

L'effet Benjamin 3

Avant

Après

Scared shitless

Cet homme est fou

Ah, Ana.
T'es en retard.
Ah oui, il est noir !
J'aurais dû m'y
attendre...
...Ils
aiment bien
les grosses
là-bas !

Ah,
vous voilà !
Oh, des fleurs !
C'est vraiment
charmant, jeune
homme !
Entrez,
entrez !

Ana A, après 27 ans de galère, devient une référence en relation amoureuse

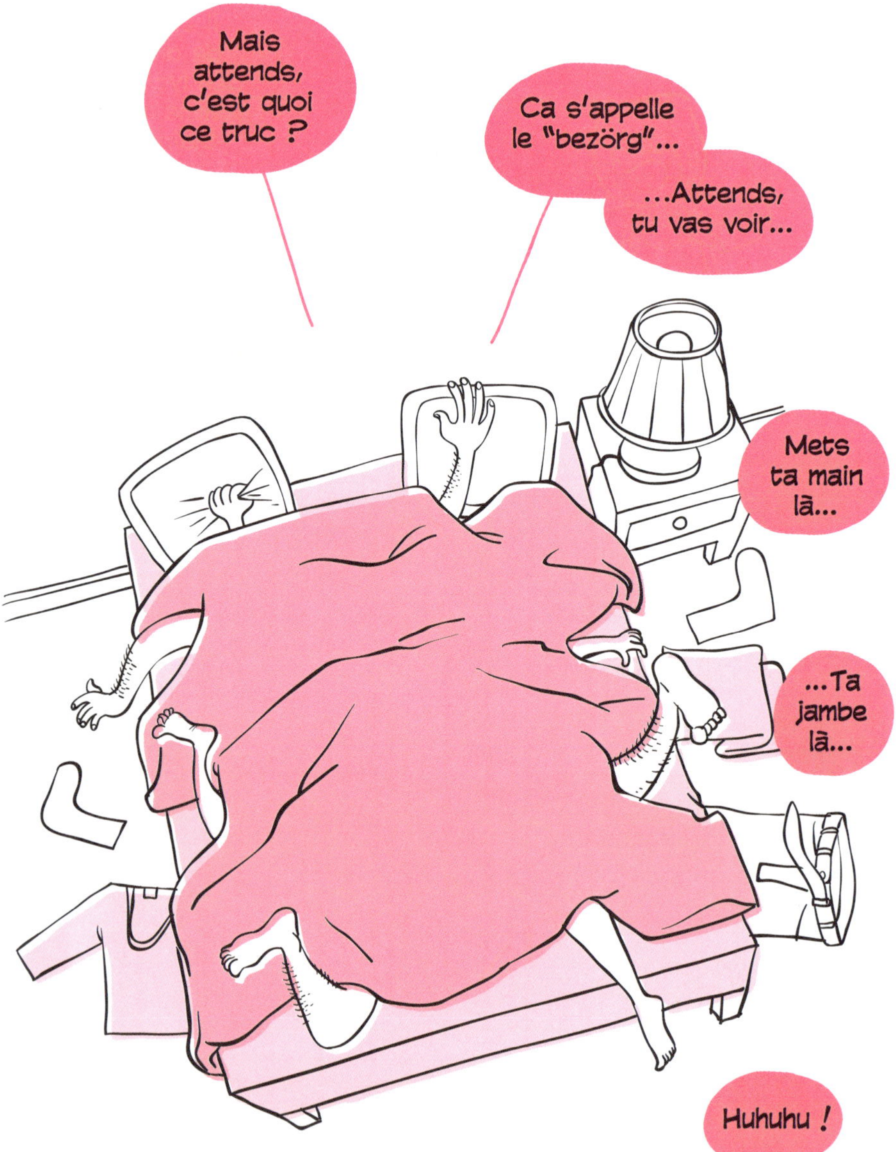
Mais attends, c'est quoi ce truc ?
Ca s'appelle le "bezörg"...
...Attends, tu vas voir...
Mets ta main là...
...Ta jambe là...
Huhuhu !

Some fresh news wanagain

Dans la collection « Marabulles » :

Maé, saison 1,
de Pacco (2009).
Maé, saison 2,
de Pacco (2009).
J'aurais adoré être ethnologue,
de Margaux Motin (2009).
Pourquoi j'suis pas aux Maldives ?,
de Soledad Bravi (2009).

Imprimé en Espagne par Estella Graficas
pour le compte des éditions Marabout
Dépôt légal : Janvier 2010
ISBN 13 : 978-2-501-06384-5
40.6736.9
Édition 01